죽어도 좋아 2권

KB035502

글/그림 골드키위새

생각정거장

Contents

죽어도좋아2

1화

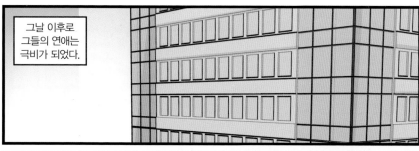

그날 이후로
그들의 연애는
극비가 되었다.

점심시간엔 커플 은신술로 함께 사라지기

둘만 아는 암호 전달

밀서로 사랑 표현

모든 것을 극비로...

너 강 대리랑 사귀지!!

까악, 어떻게 알았지!!! 세 컷 만에 들켰어!!

이렇게 티를 내는데 누가 모르냐!!

바보가 아닌 이상에야!!

죄송합니다...

내 허락 받고 사귀는 것도 아닌데 죄송하긴 뭐가!

뭐, 둘이 사귀기로 했다니까 남의 연애에 함부로 끼어들 수도 없는 노릇이고...

사생활이잖아. 내가 통제할 이유가 없지. 업무에만 지장 안 가게 잘해.

최 대리님...

찌잉

우리 루다
모목을 꼰가용?
접때 가떤 까뻬
가치 가까욘?

톨날가떤 꺄라멜
마끼아또 머꼬시포욤,
구고랑 어빠가
뎌아하는 쪼꼬께끼
머글까욤?

외국어 아님.
한국어임.

캬아아악,
말 좀 똑바로 해!!

뎌아욤?
나더 뎌아욤!

끅!!
최 대리님,
저희 작화가 왜
이러죠?!

그리는 사람
손이 오그라들어서
그래!!

음... 저는 이 주임님 연애해도 쿨한 타입일 거라고 생각했는데

상상 외로 엄청 망가지는 타입이었군요.

그러게, 저러고도 안 들키길 바랐다니 바보가 아닌 이상에야...

그러하다.

지금 루다와 강 대리가 사귄다는 사실은

바보 커플

포즈♥♥♥

바보가 아닌 이상에야 알 수 있다.

하지만
이 곳에 한 명
있었다.

모르는 바보가!!

흠흠~

타닥

자유 익명 게시판

제목   나이차 연애 괜찮을까요?

타닥

제목   나이차 연애 괜찮을까요?

5▪살 남성 직급은 과장입니다.

회사 내에 저를 짝사랑하는 여사원이 있습니다.
스무살 후반으로 나이가 좀 있고 얼굴도 예쁜 편은 아니지만 몸매가 나쁘지 않은 편.
저를 좋아하는 티가 너무 납니다. 처음엔 그녀의 집착이 무섭고 부담스러워서 피했지만
적극적인 태도에 슬슬 마음을 받아주려 하는데 어떻게 생각하시나요?

타닥

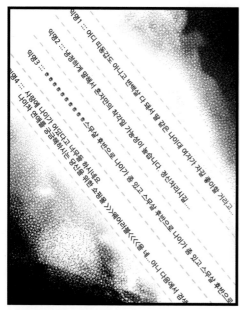 

자유 익명 게시판   타닥

못된 악플러들...
익명성을 방패 삼아
멋대로 날 판단하고
비난하다니...

제목   [나이차 연애글] 이어서 씁니다

일반적인 경우를 생각하시나 본데 저는 제레미 아이언스, 매즈 미켈슨, 김상중 등
미중년으로 대표되는 배우들과 닮았다는 이야기를 매우 자주 듣는 편입니다.
관리도 소홀한 적 없구요. 주변에서 잘생겼다는 말을 평생 듣고 살아온 사람입니다.
악플은 자제해 주시죠.

타닥

익명1 ::: 어얼ㅋㅋㅋㅋㅋㅋㅋㅋㅋㅋㅋ매즈 미켈슨(51세 덴마크 낙농업 종사자)ㅋㅋㅋㅋㅋ

익명2 ::: 근데 왜 그 나이에 과장 달고 있어요?

익명3 ::: 안녕하세요, 판교에 사는 판빙빙, 안젤라 베이비를 닮았다는 이야기를 자주 듣는 주부입니다.ㅎㅎ
도움의 손길은 멀지 않은 곳에 있습니다.
낙성대학교 병원 정신의학과 -> 02-xxx-ooo

?
강 대린
거기서 뭐해?

아, 네,
아무것도
아닙니다.

그럼
좀 있다 봐~
루다야!

응응!

과장님.
무슨 일
있으셨어요?
왜 갑자기
소리를...

아냐.
아무것도.

바로 와서
내 걱정을
해주는군...

(싫진 않음)

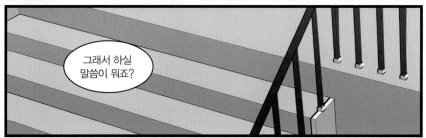

뭐... 거창하게 말할 필요 없고.

네게 여지를 주기로 했다.

네? 여지요?

뭘 또 모르는 척이야! 네가 제일 잘 알고 있으면서!

내가 친히 허락해주겠다, 이거야!

여지?

내가 알고 있는 게 뭐지?

이 타임리프가 끝날 때까지만 잘 부탁드려요.

아!!

저번에 말했던 타임리프에 대한 얘기구나!!

정말요? 해주시는 거에요?

저야 그럼 너무 감사하죠!!

그렇게 좋냐.

당연하죠! 제 인생이 걸린 일인데!!

뭐, 나 같은 남자를 얻는 게 네 인생 중 가장 큰일이긴 하지...

그럼 그렇게 알고 있는다.

네! 네!!

오늘부터...

1일인가...

이루다도 모르게 이루다와 사귀기 시작한 백 과장이었다.

죽어도좋아2

2화

싱글벙글 하루종일 기분 좋아 보이네.

응, 오빠 기사도 이렇게 뜨고 요즘 일이 내 뜻대로 잘 풀리는 것 같아서 행복해.

과장님도 협조적으로 변했고.

아무래도 기억 범위가 늘어나니 자기가 죽는 경험을 더 하고 싶지 않아서 협조적으로 변한 것 같단 말이지...

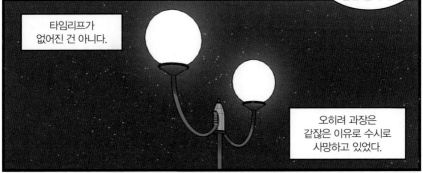

타임리프가 없어진 건 아니다.

오히려 과장은 같잖은 이유로 수시로 사망하고 있었다.

요즘엔 '죽어'의 '죽'자만 봐도 죽을 기세인 과장.

*실제로 이렇게 죽진 않았음.

죽집 간판을 보고 돌연사!

born죽

타임리프를 이해해 줄 유일한 사람이기도 하고...

오빠는 지금이라면 내 말을 믿어줄까?

저기, 오빠...

응? 왜?

응... 아무것도 아니야...

저기...
백 과장님...

월급 전이기도 하고
아시다시피
저 자취하거든요.

월세도 빠듯해서
더 이상 이런 데서
밥먹기는 좀...

누가 너더러 내래?
오늘은 내가 사는 거니까
넌 먹기나 해.

허걱...

나야 좋긴 하지만...
백 과장님이 웬일...

그래서...

이 인간 전혀 바뀐 게 없다니까...

과장님은 전부터 왜 이리 남의 임신에 관심이 많으신지 모르겠네요.

남의 임신?! 이게 혼자 일이야?!

이 여자가 나랑 결혼은 안 할 셈인가?!

그러고 보니... 이렇게 타임리프가 계속되면

오빠랑 결혼은 가능할까?

무사히 결혼하려면 과장님께 알려서 도움을 받아야 할 것 같기도 해.

아직은 잘 모르겠지만 할 생각은 있어요. 마음의 준비가 되면.

직장은? 결혼하면 직장은 언제 그만둘 거냐.

다녀야죠. 결혼했다고 다니던 직장을 그만두고 싶진 않아요.

임신하면? 임신하면 어쩔 셈인데. 그만둬야지.

이 인간이 진짜... 점점...

육아휴직 내고 복직할 건데요?

아이고, 철없긴. 어린 티가 난다. 너, 경단녀라는 말이 왜 나오는지 알아?

임신한 직원이 팀원들한테 얼마나 민폐인데!

애도 키우면서 일하겠다는 생각이 이기적인 거지.

그리고 설령 한다 쳐도 애한테도 못할 짓이야!

보모나 다른 사람한테 육아 맡기고 무관심한 엄마 밑에서 애가 잘 자라기도 하겠다.

엄마 실격이라고!

왜 육아 부담이 다 여자한테 와야 하는 건데요?

임신했다는 이유로 왜 자기 커리어를 다 포기해야 하는 거냐구요!

사회적 의무지! 여자로 태어나서 당연히 감내해야 하는 부분이라고!

최 대리님도 맞벌이 워킹맘이지만 남편분이랑 분배 잘하고 일 잘하고 계시잖아요!

말 잘 나왔다. 과연 최 대리 남편도 그렇게 생각할까? 내색 안 해도 엄청 피곤해할걸?

저런 여자랑 결혼한 거 후회하고 있을 거다!

후회...

정말 오빠도 나중에 나랑 결혼하면 그렇게 생각할까...

으으, 우울하다. 타임리프 때문에 꿈꾸는 기분이었다가

현실적인 문제랑 직면하니 머리가 복잡해졌어...

과장도 짜증난다, 진짜.

이런 새끼랑 결혼할 여자가 불쌍하다.

결혼 전에 꼭 직장 그만두게 만들어야지.

동상이몽의 현장.

오빠, 루다예요~.

응, 우리 루다 무슨 일이에요?

있잖아요, 물어볼 게 있는데...

오빠는...

결혼에 대해서 생각해본 적 있어요?

겨...겨...

겨?

경리단길을 걸어본 적 있나요?

경리단길?

젠장! 도저히 물어볼 용기가 안 난다.

응, 가본 적 있어. 먹을 곳도 많고 술집도 많아.

가로수길이랑 비슷한데 약간 옷집 없는 가로수길?

그렇구나 아아~.

자기 게시물에 달린 악플들을
확인 중이었다.

죽어도좋아2

3화

흐아앙,
루다 꿍꼬또!
꼰대 꿍꼬또!

뽀애앵

푸닥

푸닥

오빠한테
전화할까...

아냐, 자정에
이게 무슨 민폐야.

신수 좋아졌는데?
너 피부도 좋아지고
엄청 살빠졌다.

이게 바로
퇴사 에스테틱이란다.
일단 퇴사를 하면
효험이 있는
민간요법이지.

너처럼
성공적인 퇴사면
사직서 백날
쓰겠다.

회사 때문에
바쁘시겠구만,
점심시간에라도
이렇게 만나니 좋다.
요새 어때.
잘 지내시는감?

응, 잘 지내...
나 연애해...

결혼...

연애하는 애
얼굴에서 왜 수염이
자라고 있어!

뭐어～?
백 과장이 또 그딴
헛소리를 했어?

42   죽어도좋아2

야, 백 과장이 헛소리 하는 게 하루 이틀도 아닌데 왜 귀담아 듣고 그래. 네 소중한 멘탈 부서지게.

그 인간 특기가 무논리정연이잖아. 말 같지 않은 소리 모아서 말 만드는 거.

내가 퇴사할 때 기억 안 나?

넌 끝이야!

백 과장이 나 이 바닥에서 매장시키겠다고 한 거. 난 지금도 그거 웃겨서. ㅋㅋㅋ

아무것도 모르면서 윗사람이니 백 과장한테 무조건 사과하라고 하던 다른 부서 사원들도 그렇고

아무튼 뭣도 없는 인간들이 어린애들 겁주려고 헛소리 하는 걸 한두 번 봤어야지.

그리고 네가 사귀고 있는 남자가 백 과장 같은 마인드 가지고 있으면 힘들겠지만 관계에 대해 신중히 생각해 봐.

으음...

암튼 네 얘길 들으니 백 과장은 바뀐 게 없구나.

아직도 과장이고 말이야ㅋ

이 언니는 퇴사 후 백 과장에게 반드시 똥을 먹이겠다는 일념으로 글을 썼단다.

내 창작의 원천인 셈이지.

내 책 읽어봤니?

아니, 아직 못 샀엉. 그동안 고통 받는 일들이 많아서...

사실 네 소설 읽고 있으면 나도 퇴사하고 글 쓰고 싶을 것 같아서... 질투하게 될까봐 무서웠다.

미안해... 치졸하고 추악한 인간이라... 난 쓰레기야...

뭐래는겨.

괜찮아. 한 권 줄게. 여유될 때 읽어줘.

네가 회사 힘들 때 쓴 거라 너도 지금 읽으면 재밌을 거야.

으엉, 고마워...

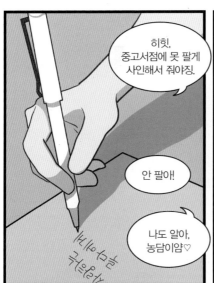

ㄷ...

AM:12:00

요새 백 과장님이 어어어어얼마나 착해지셨는데.

너도 사람 바뀐 거 보면 깜짝 놀랄걸?!

그...그래? 이상하네, 내 경험상 그런 인간들은 잘 안 바뀌던데...

뭐, 암튼 네가 그렇다면 그런 거겠지.

응, 그러니까 더이상 홀로냥 같은 말 하지 마. 너무 비인간적이니까...

그러다 진짜 후냥냥 되면 찝찝하잖아.

그건 또 뭔소리야.

그럼 백 과장님한테 내 책 좀 전해줄래?

응?

원래 너 주려고 가져온 건데...

원래 나한테 줬던 책이었는데 상황이 바뀌었어...

퇴사 후에 내가 얼마나 잘 나가고 있는지 백 과장한테 보여주고 싶어서...!

호호

방금 사인도 했어.

알았어. 오늘 회사 가서 바로 전해줄게.

백과장님께,
(아직 과장 맞으시죠?ㅎ)
-퇴사해서 베스트셀러 작가가 된 근성값는 어리광쟁이 현정이가♡

얘랑 백 과장 절대 만나게 하면 안 되겠다.

이 아이, 정말 쌓인 게 많았구나...

과장님. 저, 이거...

너 어디 갔었어! 전화도 안 받고! 난 또 그렇게 됐는데!

아... 그거 멈추고 왔어요. 오늘 그럴 일은 없으실 거예요.

뭐야, 이건.

소설이에요. 읽어보세요. 이게 전에 퇴사한...

현정이랑 이름이 같은데?

더 나은 내일을 위한
패러다임을 제시하다!

매경출판㈜ + 생각정거장 도서목록

매일경제신문사 │ 생각정거장

합격을 부르는 공부법

미친 집중력
미친 암기력

이와나미 구니아키, 미야구치 기미토시 지음
각 12,000원

상위 1%가 되려면
집중력으로 승부하라!

성적이 급상승하는 효과적인 공부법! 일본에서 64만 부 이상 판매되며 공부법의 혁명을 불러일으킨 집중력 향상 프로젝트! 이 책을 통해 미친 암기력의 세계를 경험할 수 있다. '집중력의 신, 암기의 신'이 되어보자!

아침 30분이 당신의 3년 후를
결정한다
일찍 일어나는 기술

후루카와 다케시 지음 / 12,000원

성격은 못고쳐도 습관은 고칠 수 있다!
인생의 승부처, 아침을 되찾아라!

7:5:1 정리 법칙으로 일상이
행복해지는 기술
버리는 즐거움

야마시타 히데코 지음 / 13,800원

물건에 대한 집착에서 벗어나면
인생이 풍요로워진다!

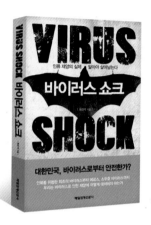

인류 재앙의 실체,
알아야 살아남는다

바이러스 쇼크

최강석 지음 / 15,000원

2016 과학창의재단 우수과학도서 선정! 인류
를 위협한 최초의 바이러스부터 세계를 공포에
떨게 한 지카 바이러스까지, 바이러스의 모든
것을 파헤친다.

장기의 노화 속도를 늦춰라

건강 100세,
장과 신장이 결정한다

이토 히로시 지음 / 12,000원

당신의 장기 시간을 늦추는 방법을 알려주는 책.
100세까지 건강하게 사는 비법이 담겨 있다.

구글 테슬라 BMW 아마존…
인공지능으로 미래를 연다

세계 초일류 기업의 AI전략

EY 어드바이저리 지음 / 13,800원

세계적인 기업들은 어떻게
인공지능 시대를 준비하고 있는가!

제철 별미를 지역별로 안내하는
맛있는 여행기
열두 달 계절 밥상 여행

손현주 지음 / 16,000원

알면 알수록 더 매력적인 우리나라! 각 지역의 제철 재료와 이를 토대로 만들어지는 계절 밥상을 소개하는 책. 전국을 여행하면서 놓치면 아까운 여행 루트와 함께, 인터넷이나 SNS로는 쉬이 찾기 어려운 지역 전통주까지 꼼꼼하게 소개했다.

생각 없이 준비 없이 떠나는 초간편
당일치기 총알여행 & 1박 2일 총알스테이

신익수 지음 / 각 15,000원

매일경제 신익수 여행전문기자가 주제에 맞춰 다양한 여행지를 소개하고, 사계절 52주에 맞춘 테마별 여행 코스를 안내하는 실용 만점 당일치기 및 1박 2일 여행정보서. 연인끼리, 친구끼리, 가족끼리, 누구와 함께해도 좋다. 특히 아이들을 위한 코스도 놓치지 않고 꼼꼼하게 담았다.

아, 됐어요.
읽든지 마시든지.

난 전했으니
사명을 다 했다.
나중에 현정이 만나서
욕이나 해야지.

자기가 준 선물
안 좋아한다고
삐치긴.
애도 아니고.

아주
선물 공세에
지극정성이구만...
내가 그렇게
좋나?

한참
모자라지만
어려서 그런지
열정만큼은
만점일세.

그래도 내게
어울리는 여자가
되려면 수준 좀
키워야겠어.

노력하라구,
꼬마 아가씨.

죽어도좋아2

4화

앗,
그리고 보니!

현정이
책 이름이
이런데...

과장님
괜찮으신가...

음... 모르겠다.
이 시간까지
괜찮은 걸 보면
괜찮겠지 뭐.

타임리프가
발생하면 그때는
책 안 주면
되니까.

요즘은 장기적인 타임리프 플랜을 위해 과장과

그래도 요즘은 타임리프가 빠른 시간 내에 수습돼서 다행이긴 한데.

일정한 날을 정해 회의를 가진다.

서로의 사생활 보호를 위해

만나는 시간을 정하는 건 어떨까 싶어요.

정해진 시간에 만나 타임리프가 왜 일어났는지 서로 의견을...

훗

과...과장님, 왜 그러세요?

궁금한 거 있으시면 대답해 드릴게요.

그래.

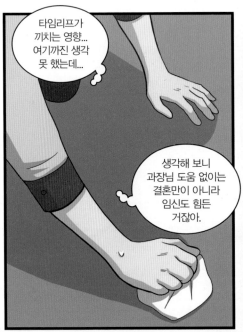

타임리프가 끼치는 영향... 여기까진 생각 못 했는데...

생각해 보니 과장님 도움 없는 결혼만이 아니라 임신도 힘든 거잖아.

으음... 과장님 말씀이 맞는 것 같아요.

애는 혼자 가지는 게 아니죠. 저희는 (타임리프적) 운명 공동체 같은 거니까...

그럼그럼... (부부는) 운명 공동체지.

음... 일단 딸 아들 구별 않고 두 명 정도는 낳고 싶은데...

시기는 잘 모르겠지만 결혼 후엔 노력해 보고 싶어요.

둘! 좋구만, 좋아! 요즘 여자들 애 안 낳으려고 난리인데

이 주임은 이런 데서 개념 있으니 좋네.

말뽄새하곤...

빠직

그건 아니고 그냥 저는 애를 좋아하는 것 뿐인데요.

과장님도 애를 좋아하시나 봐요.

내 자식이면 다 이쁜 법이지.

내 자식?

아무튼 (이 주임) 나이도 있다 보니 최대한 아이 가지는 걸 서두르고 싶다.

장기적인
플랜이라고나
할까...

과장님...

이렇게 진지하게
타임리프에 대해
생각해 주셨다니...

이런 부분에선
섬세한 분이셨구나...

뭐랄까, 타임리프로 과장님이랑 좀 친해지면서.

과장님, 감사합니다.

여러가지 인간적이고 좋은 면들을 발견하게 되는 것 같기도 해.

우리 화이팅 하자는 의미로 하이파이브 한번 해요.

짝!

이루다는 파멸이라는 이름의 역을 향해 내달리는 기차에 올라타고 말았다.

아, 그리고 이번 주말엔 시간 비워 놔.

넹? 왜요.

돌아오는 주말엔 오빠랑 데이트 하기로 했는데.

왜긴! 매번 내가 널 위해 이렇게 시간 쓰는데 너도 나한테 투자해야지!

끄응... 그것도 그러네. 매번 내가 만나자고 하면 꼬박꼬박 나와 주셨지.

네에... 그럼 어떻게 시간 내볼게요.

그나저나 과장님은 주말엔 아무 데도 안 나가세요?

항상?

그래, 보통 혼자 집에 있어.

그러고 보니 항상 주말엔 타임리프가 잘 없었지...

과장이 사람 만날 일이 없었기 때문.

어찌보면 과장님은 외로운 걸지도 몰라.

ADVENTURE TIME LEAP

백과장
ICE KING

푸다
THE HUMAN

강대리
THE DOG

그래서 점점 괴팍해지는 걸지도.

생각해보면 회사에서도 여직원들끼리만 몰려다니다 보니

말은 안 했지만 혼자 남아 소외감 느끼셨을 테고...

겉도는데도 만날 식사시간엔 꼭 같이 먹으려고 드는 걸 보면...

그동안의 꼰대질도 일종의 관심병... 사실 외로움의 표현 아니었을까?

우리한테 말을 걸기 위한 수단... 대화라는 걸 하는 방법을 몰랐던 걸지도 몰라...

외로운 중년....!

너덜 너덜

가엾게도!

죽어도좋아2

5화

타임리프... 임신...

역시 검색 결과 같은 게 있을 리가 없지.

만약 결혼해서 아이가 생기면 과장님께 부탁해서라도 안정된 하루하루를 보내는 수밖에...

과장님 애가 무사히 태어날 때까지 여기 갇혀 계세요.

음, 말이 좋아서 부탁이지 거의 감금이군. 이런 민폐는 싫은데...

확실히 장기적으로 생각해 보면 인생의 중대사들은 피할 수가 없구만...

어느 정도는 오빠와도 상담하고 싶은데 타임리프를 믿질 않으니...

하긴, 다른 쪽으로 접근한다고 해도 오빠 입장에선 부담스럽겠다.

나야 타임리프 때문에 오빠 만난 지 몇 년은 된 것 같지만 오빠 입장에선 겨우 몇 달 사귄 건데.

사귄 지 얼마 되지도 않는 여자가

결혼계획 있어? 애는 몇이나 가지고 싶어?

들이댐

들이댐

내가 생각해도 막장이군.

조카들을 그렇게 좋아하는 것 보니 애를 좋아하는 것 같아도

실제로 아이를 가지는 건 현실적인 문제니까.

일단 너무 조급해 말고 신중해 지자. 급한 문제도 아니고...

말하더라도 적절한 타이밍에 조심스럽게 접근하는 거야.

며칠 후

오빠!!! 나랑 결혼해 줘요!!!

루다야, 왜 그래!!

나랑 결혼해 달라구요, 제발!! MARRY ME!!

그러고 보니 뭐 하루에 한 사람만 만나란 법 있나?

인간은 원래 자신의 시간 관리 능력을 과대평가하는 경향이 있다.

뭐 하루에 작업 하나만 하란 법 있나?

시간 나눠서 낮엔 오빠 만나고 저녁엔 과장님 만나면 되지! 시간 관리만 잘하면야!

시간 나눠서 낮엔 콘티, 스케치, 저녁엔 선 따고 심야 영화 보러 가면 되지!

불가능함.

뭐? 저녁에 보자고?

네, 오전 오후엔 약속이 있는데 아무래도 취소하기 힘들 것 같아서요.

저녁 데이트도 나쁘진 않지.

그래, 좋다.

밤에 보자니...

설마 나한테 이상한 짓 하려고 수작 부리는 건 아니겠지?

뭐, 상관없지만!

폴짝! 폴짝!

과장
뇌내 망상 대축제

약속 당일

과장님 만날 시간에 알람 맞추고 장소는 비슷하니까 이동 시간은 생각 안 해도 되겠지?

루다야!

오빠!

루다는 몰랐다.

사랑하는 사람과
보내는 시간이
얼마나 호로록
사라져 버리는지를...

시간이 이렇게나
상대적인 것이라곤...

허걱!
시간이 벌써!

띠용

으, 벌써
헤어져야 할
시간...

어디
가는 거야?

응, 과장님
만나러 가.

주말인데
업무 있어?

아니,
그런 건 아니고...
내가 과장님한테
요새 신세지는 게
있어서...

만나서 대화 상대
해드리고 밥이라도
대접하려구...

루다,
착하다~

응, 저번처럼
오해하거나
하지 마.

헤헤,
알았어.

아, 그래.

있잖아, 오빠 내가 소설을 읽었거든.

어떤 여자가 타임리프에 빠지는 내용인데...

오, 최근에 읽은 소설이야?

응, 아직 다 읽진 않아서 결말은 모르는데

사랑하는 남자가 타임리프를 믿지 않아서 엄청 혼자 괴로워하는 부분까지 읽었어.

여자는 만약 둘 다 마음이 맞으면 남자랑 결혼도 하고 싶고 아이도 가지고 싶은데

타임리프가 일어나서 모든 걸 망칠까 봐 무서워 하거든.

저런...

재밌는 상황이지만 여자가 안쓰럽다. 남자가 좀 믿어주면 좋을 텐데 말이야.

그...그래?

주인공에게 공감해 주었어...

이렇게 간접적이게라도 고민을 나눌 수 있어서 좋구나...

엇, 과장님 전화...

어, 그래? 그럼 가 볼게.

키윗 키윗

루다, 혹시 내 뒤에 사람 있어?

응? 없는데...

뭐야...

왜 전화를...

죽어도좋아2

6화

아냐, 백 과장님한테 말하면 오지랖 엄청날 것 같다.

하라는 일은 안 하고! 회사에서 연애질이야!

적당히 둘러대자.

그... 강 대리님한테 얼마 전에 신세졌던 일이 있어서...

신...세?

신세란 말이지...

끌꺽

그래, 우리 루다가 신세를 졌단 말이지!

파앙!!

백 과장은 이루다가 자길 좋아한다는 것에

추호의 의심도 없다.

그리고 애석하게도

백 과장 눈에 비친 강 대리와 루다.

우리 루다?
왜 이래,
뭘 잘못
먹었나...

소오름

미생에 나오는
'우리 애' 흉내
같은 건가...

으음,
그럼 루다씨
잘 들어가요.

네,
강 대리님. 오늘
감사했습니다.

찡긋

강 대리도 참 괜찮은
청년이란 말이지.
요즘 애들 같지 않아.

백 과장님이
둔해서
다행이다.

휴우

둔해서
다행이지 않은
순간이 곧
찾아온다.

그으럼
과장님 같이
식사라도
하실래요?

뭐야, 아무것도 안 먹어?

네, 전 강 대리님이랑 많이 먹어서 배불러요.

뒤에도 약속이 있으면 적당히 먹지! 난 이런 데서 샌드위치나 먹게 됐잖아!

네네, 죄송해요.

후후, 이마에 뽀뽀... 오빠랑 뽀뽀 했지렁...♡

눈빛하곤.

내 얼굴만 봐도 배가 부른 거냐. 이런이런~.

휴...
집중하자.
과장님이랑
놀아 드리려고
나온 거잖아.

과장님도
애인이 생기면
좀 덜 외로우실
텐데...

저 성질 머리
고치면 좋다고 할
사람도 많을 테고...

타임리프가 계속되어서
과장님의 평판이 좋아지면
희망이 있으려나.

가족이랑
사시는 것 같지도 않고
외롭게 계속 혼자...

요즘 고독사도
사회 문제 중
하나인데

이대로
나이를 먹고
병이라도 걸리면
과장님은 혼자
자택에서...

피잉

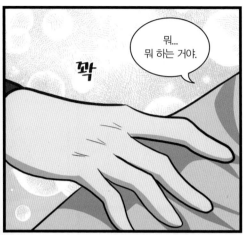

꽉

뭐...
뭐 하는 거야.

오시느라
많이 힘드셨죠.
어깨 주물러
드릴게요.

이것도
스킨십이라
좋긴 한데...

뭐지...

이
효도 당하는
느낌은...

그 이후로도 백 과장은 그 느낌을 씻을 수 없었는데...

과장님,
곧 주무셔야 하니까
카페인은 안 돼용.

과장님,
무거운 건
제가 들게용.

과장님,
많이 피곤하시죵.
여기 앉으세용.

휴, 나름 보람찬 하루였어.

예전 고등학교 때 독거노인 분들 대상으로 대화 상대해드렸던 생각도 나고...

이렇게 존중받다 보면 과장님도 남을 존중하는 법을 깨우치지 않을까?

흠냐리...

그렇게 되면 타임리프도 훨씬 줄어들겠지?

주말이 이렇게 끝났네.

내일 출근해야 하니 일찍 자야지.

아, 벌써 아침이네... 회사 준비해야지.

키윗키윗

전화...

응, 오빠. 무슨 일이에요.

응, 루다 일어났구나. 목소리 듣고 싶어서.

뭐야~♡, 매일 아침 전화할 때마다 그러고...

어제 만났는데도 내 목소리 또 듣고 싶어?

응?

오늘 시간 되면 같이 출근할래요?

루다 아직 잠 덜 깼어?

오늘 일요일이잖아? 데이트!

뭐어어엇?!

진짜 일요일 이잖아!!!

뭐야?!

과장님!! 저 루단데요!!

시간이 또 돌아가서 혹시 짐작가는 게 있으신가 해서 연락드렸어요!

...나도 알아.

네, 그렇죠?
어서 이유를 알아야
타임리프도
멈출 테니까...

이유도 알아.

내가 시간을
되돌렸으니까.

죽어도좋아2

7화

네에?!

과장님이
자살해서
타임리프요?!?!

미친 거
아니에요?!

제가 타임리프를
없애려고 얼마나
노력 중인데!!

너한테는
좋은 일
아니냐?!

일요일을
하루 더 보내게
되는 건데...

위험하다구요!
무한의 타임리프에 빠지면
얼마나 고생하게
되는데!!

그건 네가
정확한 이유를
찾아내지 못해서
였겠지.

이번엔 내가 이유를 정확히 아는데...

그것만 안 하면 시간이 다시 돌아갈 일은 없잖아?

으... 일단 저 오늘 강 대리님이랑 만나야 해요.

잠깐.

내가 시간 하루 더 돌려줄 테니까,

오늘 하루는 나한테 전부 투자해.

뭐라구요?!

어젠 시간 없어서 시덥잖은 곳만 돌아다니고!

잘 놀지도 못했잖아!

과장님이 죽어야 시간이 돌아가는 건데 무섭지도 않으세요?! 그냥 다음 주에 놀아요!

싫어! 못 기다려! 그리고 죽는 건 그냥 질 나쁜 악몽 꾸는 것 같아서 할 만해!

그냥 휴가 얻었다고 생각해!!

이런 미친...

세상에... 이런 짓을 할 만큼 외롭다 이건가.

놀아 줘...

뭐... 고의로 일으킨 타임리프라는 게 불안하긴 하지만...

그래도 딱 한 번쯤이면 괜찮지 않을까...

두~둥!

놀

이

공

원

힘드시죠.

이런 데 오랜만에 왔더니..

불꽃놀이까지 보는 건 좀 그럴 것 같고 운전도 하셔야 하니

이제 슬슬 집에....

싫어!

년 왜 자꾸 날 힘 없는 늙은이 취급해!!

년 이 나이 안 될 것 같냐!! 이 나이 되면 아무것도 못할 것 같아?!

아, 아니 그런 게 아니구요...

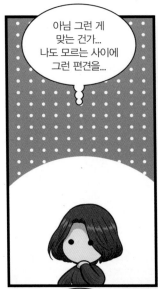

아님 그런 게 맞는 건가... 나도 모르는 사이에 그런 편견을...

나 자신도 프레임에 갇히는 걸 싫어하면서

반성...

다른 사람들에게도 프레임을 무심코 씌우고 있었던 거야.

기분 나쁘셨을 만도...

이 주임.

넹?

넌 나이차 연애에 대해서 별 생각 없나?

나이차
연애요?

그래 (우리처럼)
나이 차이 엄청 나는
사람들끼리 사귀는 거
사람들이 이상하게
보잖아.

음...
전 사랑엔
나이가 없다고
생각하는데...

물론 미성년자랑
사귀는 건 범죄니까
그건 빼고...

아무리
나이차가 있어도
괜찮아?

어떤 사람을
만나느냐에 따라
다르죠. 본인들이
서로 매력을
느낀다면야...

왜 갑자기
그런 건
물어보시는
거예요?

내가
얼마 전에
인터넷에서
글을 봐서.

과장님도 글 보고 화나셨다고 하니 의외로 이런 편견은 또 없으신가 봐요...

전에도 말했듯이 여자야 애를 가져야 하니 나이가 중요하겠고.. 남자는 능력이지.

어쩐지. 편견이 없는 게 아니었구만.

본인 한정 관대함.

이런 얘길 꺼내는 거 보면 요새 본인보다 어린 사람이랑 사귀고 있는 건가...?

어디 사는 누군지는 몰라도 어쩌다 백 과장 이랑...

애도...

뭐, 현명한 분이라면 알아서 잘 하시겠지.

곧 퍼레이드다. 불꽃놀이 보러 갈 준비해라.

우와~

다음에는 오빠랑 꼭 같이 와야지.

지금 어깨에 손 올릴까 말까...

아무튼 오늘 감사했습니다. 곧 비 올테니 조심하세요.

그래, 잘 들어가고.

자정되기 전에
시간 한 번 돌리는 거
잊지 말아주세요.

꼭 강 대리님과
만나야 해서...

뭐 그렇게
중요한 일이야?

네, 중요해요.
그리고 원래 있었던
일이 사라지는 건
좀 그렇잖아요.

그래, 뭐.
약속했으니...

휴, 다행.

과장님은
오늘 하루
어떠셨어요?

죽어도 좋은
하루였나요?

죽어도좋아2

8화

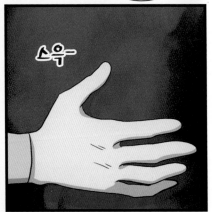

아, 뭐 하시는 거예요!

뭐야?

더듬거리긴 왜 더듬거려요!

내가 언제 더듬거렸어!

딱 느껴지거든요?

포옹까진 알겠는데 불필요한 터치는 하지 말아 주시죠?

상대방이 불쾌함을 느끼면 성희롱의 범주에 들어가거든요?

푸헬헬헬!!!!!!

루다, 뭐가 그렇게 재밌어?

백 과장 SNS... 웬일이니, 과장님 진짜 애인 생겼나 보네...

누군진 모르겠지만 내가 해줄 수 있는 말은 단 한 가지...

소곤

도.망.쳐.요.

루다... 남의 글을 비웃으면 어떻게 해.

뭐. 어때.
이런 사람은
좀 욕해도 괜찮아.

최근
신세졌다더니
백 과장님 요즘도
그러셔?

예전보단
나아지긴 했지만...
약속대로 시간도
돌려줬고...

그치만
그것도 전부
내 희생이 있었기
때문인 걸...

난 내가
싫어하는 사람은
오빠가 같이
욕해줬음
좋겠어.

그동안 내가
당한 걸 뻔히
알면서 백 과장을
변호하다니...

그 인간이
나아져봤자...

달라진 게
없어?

오빠
너무 착해.
보살도
아니고...

아냐...

뭐랄까.
나도 백 과장님이
무례하게 굴 때
화나는데

여러모로
예전 생각도 나고
신경 쓰이더라.

그...

예전 생각?

음... 그냥...

백 과장님이랑 나랑 좀 닮은 것 같아서?

뭐어?! 뭔 소리야!

올해 들은 말 중에 제일 말 같지 않은 소리다!!

아... 그게...

붙끈

저번에 말했지... 나 많이 바뀌었다고.

자세히는 말 못했는데... 나 엄청 무례한 아이였거든.

[고모는 돼지 같아.]

가족들이랑
진짜 피나는 훈련을
했었던 것 같아.
말하는 거 공부하고
표정 읽는 거
연습하고...

하루는 친구한테
이기적이라는 말을
들었는데.

남의 감정 하나
헤아리지 못하는 게
자기 감정 다쳤다고
너무 슬퍼지는 거야.

집에 도착하자마자
누나한테 물었어.

누나,
내가 이기적이야?

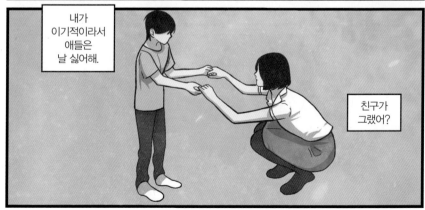

내가
이기적이라서
애들은
날 싫어해.

친구가
그랬어?

멋진 분이다.
오빠가 이렇게
훌륭하게 자란 이유를
알 것 같아.

아냐. 아직
한참 멀었어. 그나마
예전보단 나아진
거지.

나 때문에
가장 힘든 건
가족이었을 텐데

끝까지
날 포기하지
않았어.

난 지금의
오빠만 봐서
오빠가 그렇게
힘들어했을 줄은
몰랐어.

살기 위해
바뀌었다는 말도
그냥 말만 그런 거라고
생각했는데...

아무튼
백 과장님은 아직
만나지 못한 게
아닐까.

이기심과
이타심이

가장 가까워지는
순간을.

죽어도좋아2

9화

그래도
좋아할 얼굴이
먼저 떠오르는 걸 보면
나도 꽤 정이 든
모양이군...

아무튼
어디 있는지
전화를 해 봐야...

강 대리랑
이 주임...

만난다고는 했지만... 아직까지 같이 있다니...

그러고 보니 주말에...

그것도 다른 부서 남자 사람이랑 만날 일이 왜 있는 거지?

그것도 이런 늦은 밤까지...

그래서 항상 가족들한테는 미안해...

요새 누나는 조카들 때문에 고생이 많아서 더 마음이 쓰이더라고...

아, 저번에 사진 보여줬던 태리랑 태원이 맞지?

귀여웠는데... 많이 말썽꾸러기 인가봐?

루다,
언제 같이 조카들
보러 갈래?

그래! 좋아!
누나 분도 꼭
뵙고 싶어!

있잖아.
루다야...

뭐야?
강 대리 누나를
왜 보러 가?

게다가
서로 말은 언제
놓은 거고...

그래도
결혼 원치 않는
사람들도 있고
결혼관은 정말
다양한 거니까.

미리
물어보는 게
좋을 것 같기도
해서...

어...응...
난 결혼하고
싶어.
예전엔 정말 할 맘
없었는데...

지금은
마음 맞는 사람만
있다면야...

오빠는?

으...응
나도 하고
싶어!

우물쭈물

하...한다면...

오빠 같은
사람과

루다 같은
사람과

벌떡!!

꺅!!
과...과장님?

왜 여기...

팍!

뭐...뭐야,
이 꽃은...

저벅저벅

이 주임...

쏴아ー

감히 나를
배신하다니...

~이 컷부턴 백 과장의 망상 극장~

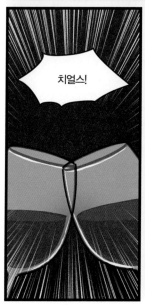

치얼스!

백 과장
상상 속
루다

언제까지
그 인간을 가지고
놀 셈이야?

백 과장
상상 속
강 대리

슬슬
정리해야지.
적당히 가지고 놀았고
즐길 대로 즐겼으니
말이야.

생각보다 오래 잡고 있어서 난 네가 정말 사랑에 빠진 줄 알았다고.

나같이 돈 밝히고 세속적인 여자가 저런 정직하고 악의와 타협할 줄 모르는 남자와 사랑에 빠진다?

호호, 말도 안되는 소리 마. 백 과장이 호락호락하지 않아서 꼬시는 시간이 오래 걸렸을 뿐이야.

아무리 백 과장이 매력적이라도 그건 아니지.

맞아!

결혼은 못생겼더라도 나같이 젊은 남자랑 해야지.

맞는 말이야. 백 과장은 잘생기고 몸매 좋은 미중년이지만 나이가 너무 많아.

게다가 그 나이에 아직도 과장이라니, 만화도 아니고 너무한 설정 아니냐?!

오호호호호호!!!

퇴사하고 이직을 하든가!! 그렇게 사회생활을 했는데 그 정도 눈치도 없는 거야?

아니야!!!

아직 대한민국엔
내 나이대 과장들이 있단 말이다!
승진이 늦는 사람들도
모두 제자리에서
최선을 다해 일하고 있어!!

백번 맞는
말이지만
백 과장이
할 말은 아님.

하늘이시여!!

왜 저를
시험에 들게 하나이까?!

죽어도좋아2

10화

아, 진짜
백 과장!!

한동안
얌전하더니
또 왜 저래,
저 양반.

무슨 일
있어요?

별것도 아닌걸로
신경질이야.
오늘 심기 불편한가
본데 조심해.

?

백 과장님,
왜 그러세요?

이러면 타임리프가 생기는 거 뻔히 알면서... 뭐 성질나는 일이라도 있었나.

커피 드세요.

...말 안할 건가.

저 팔 떨어져요.

아 맞다. 어제 나타나서 던지고 가셨던 꽃다발 뭔가요?

혹시 몰라서 집에 뒀으니 필요하시면 다시...

너 어제 강 대리랑 있더라.

아, 네.
말씀드렸잖아요.

강 대리님이랑
만나야 하니
시간 꼭 돌려달라고
부탁드렸고...

내가 널 본 게
한밤중이었는데
그때까지 볼일이
있었나?

드...들킨 건가...
내가 오빠랑
사귀는 거...

으으...
그래, 언제까지
거짓말 할 셈이야.

오빠랑 앞으로
진지한 만남을
이어가려면 백 과장님
도움도 필요할 텐데...

과장님도
사람이면
이해해주시겠지.

과장님,
저 사실...

강 대리님과
사귀고 있어요.

너...

너어... 너...

알아요! 하지만!
일단 저희 회사는
사내 연애 금지 조항도
없고...

그동안 뻔뻔하게
양다리를 걸쳐...?

넹?

타임리프를 구실 삼아
날 꼬여내더니!!

다 계획적인
접근이었지!
목적이 있었던 거야!

커피타임

자...잠깐
무슨 소리를
하시는 거예요?

루다는 황당해서
제대로 된 말이
나오지 않았다.

으...

으버...

제가 왠만하면
과장님 헛소리
글어려니 하는대

어떻해
어따 대고 그딴 말을...
말도 않되는 말을
하시는 거애요?

육성으로
맞춤법
틀리는 중.

허...
어의가 업어서...

전하 승천.

하...

백 과장의 계산은
잘못됐다.
일단 저 중에 절반은
타임리프 때문에
실제로는
쓰지 않은 돈이고

그걸 빼더라도
그동안 루다가
과장한테 쓴 식대는
저 몇 배를 넘어가기에
오히려 현재
과장이 갚아야 할
돈이 남아있는 셈.

그냥
전형적으로
자기가 쓴 돈만
기억하는
계산이다.

하지만 루다는
해명하러 말을
걸러 가는 것조차
짜증나서

그냥 이거나 먹고
떨어지란 느낌으로
입금을 했다.

빠른 입금

띠로롱

크윽!!

생각해.
생각해 내.
이루다...

백 과장에게
'여지'로 보였을 법한
말 혹은 행동!

여지...

여지...

여지...

이건가!!

네게 여지를
주기로 했다.

그리고 하나씩 피어오르는 기억...

죽어도좋아2

11화

서둘러야 해.
과장이 완전히
예전처럼 돌아가
버리기 전에.

그럼 정말
걷잡을 수
없어진다.

하지만 이미 때는
늦은 것이다.

백 과장은 이미
예전의 백 과장이
아니었다.

백 과장
최종진화형

막말 머신
(자판기형)

외모 비하!

그 다리에 스키니나 치마 입는 건 나라에서 법적으로 금지해야 하는 거 아니냐?

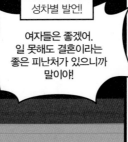

성차별 발언!

여자들은 좋겠어. 일 못해도 결혼이라는 좋은 피난처가 있으니까 말이야!

학벌 무시 발언!

부모님한테 잘해. 그딴 대학은 입학도 불효, 졸업도 불효, 중퇴도 불효니까!

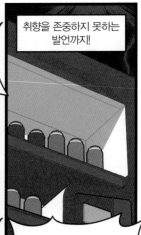

취향을 존중하지 못하는 발언까지!

캡틴 아메리카가 왜 어벤져스 대장이야? 제일 약해 보이는데?

인내심의 한계치를 찍은 팀원들

까악, 안 돼!

백 과장님,
저희 얘기
좀 해요.

진짜 뭔가
엄청난 오해가
있었던 것
같은데요.

힝티음료

뭐야.

아 이거
진짜 자판기
였구낭.

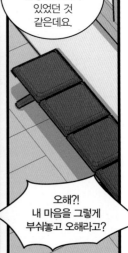

저 과장님
진짜 뭔가
엄청난 오해가
있었던 것
같은데요.

오해?!
내 마음을 그렇게
부숴놓고 오해라고?

그리고 솔직히 말해서...

과장님은 전혀 제 취향이 아니에요!!!

호감은커녕

비호감입니다!!!

백 과장 라이프 포인트
−100000000000000000000

과장님,
그래도 우리
타임리프적 운명
공동체잖아요.

연애 감정 없이도
좋은 관계를 유지할
수 있구요.

어떻게든
이 타임리프는
멈춰야죠.

각자의
인생을 위해 서로
돕자구요.

화이팅!♡

부풀어 오르는 수치심...

무너지는 자존감...

백 과장을 유지하던 모든 것이 파괴되는 순간이었다.

과장님 이제 일어나서 오늘 다른 직원들에게 못되게 굴었던 거 사과하러 가요.

이대로 누군가 또 과장님을 저주하면 타임리프가 또 일어나고...

원한으로 생긴 타임리프는 빠져나오기 힘든 거 아시죠?

그런 일은 꼭 막아야죠.

...

없어...

네?

넌 이제
내일이 없어.

내가
계속 계속 시간을
되돌릴 거야!

네가 강 대리랑
더는 같이 보내지
못하도록!!

허... 아무리
그래도 그렇지...
인간이 어떻게...

인간이 아니다.

사실
돌려주기로
했던 하루도
백 과장이
돌린 것이
아니었음.

하루 즐겁게
보냈으면 그만 아닌가?
이 주임도 만족했을 텐데
굳이 되돌려야 해?

강 대리랑은
다른 날
만나면 되지...

루다의 '죽어'도 좋은
하루였나요?

죽어도 좋은
하루였나요?

라는 말에 뒤에 있던
책장이 무너져서 사망.

백 과장이
상상을 뛰어넘는
쓰레기라는 것을

설마 설마 했던 상황이

발생하면서

루다는 다시 한 번 깨닫게 된다.

루다,
왜 그래?

AM 12:00

죽어도좋아2

······························

12화

같은 날을 이렇게 여러 번 겪고도 오늘 비 오는 걸 까먹다니...

바보같이...

루다야!

오빠!

음료 사러 갔더니 비가 내려서 편의점에서 사 왔어.

일기예보에서 비 온댔는데 깜빡했다.

나도 미리 알았었는데 우산을 못 챙겼네...

두근두근

그...그나저나 그건 무슨 꽃다발이야?

아... 응, 과장님이 갑자기 나타나서 던지고 가셨어.

응? 과장님이?

나도 영문을 모르겠다. 갑자기 꽃은 왜 던지고 사라진 거지. 택시도 가면도 아니고...

저벅저벅

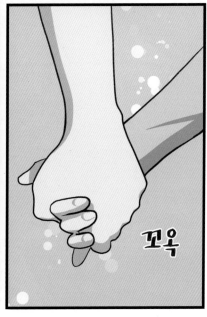

꼬옥

있잖아, 루다야.

우리 관계 더 좋은 쪽으로 가고 있다고 생각해도 되는 거겠지?

응...

무...물론 우리 뜻대로 되지 않을 수도 있지만...

그래도 난 오빠랑 진지한 미래를 꿈꾸고 싶어.

나도.

오빠,
우리 부모님
만나러 갈래?

그럴까?

루다,
혹시 결혼하면
아이 가질 생각이
있니?

이것도
먼저 오빠가
물어봐 줬어...

어, 응.
나 아이는
가지고 싶어.

나도...
뭔가 내가
좋은 아빠가
될 자신은
없지만...

만약 아이가
생긴다면 노력해
보고 싶어.

과학☆아나
★턴지 정기구독해서
애기들한테 밤마다
읽어줄거야. ♡

공돌이 아빠의
꿈....★

그건
아이 성향에 따라
고문이 될 수도...

저기... 오빠,

그... 결혼하고도
계속 일하는 여자에
대해서

어떻게
생각해?

아...
저질렀다...

근데
왜 애매하게
말했지?

그냥 결혼하고
아이를 낳더라도
회사 다니고
싶다고 말하지.

아냐,
그냥 얘기를 꺼내지
말걸... 싫다고
얘기하면?

오빠랑
여기까지
왔는데...

루다 얘기야?

표정에 나와있는 걸.

어떤 말 해야 할지 모르는 얼굴.

30년 넘게 연습한 표정 읽기인데 나쁘지 않지?

미안해.

루다가 왜
죄인이 돼야 해.
애초에 미안해하면서
꺼내야 할 얘기가
아닌데.

만약 결혼해서
우리한테 아이가
찾아온다면
잘 알아보자.

난 루다가 나랑
결혼해서 뭔가 포기
하고 후회하는 걸
보고 싶지 않아.

맞벌이 하는
최 대리한테 노하우도
좀 물어보고.

여차하면
내가 회사 관두고
가정주부 할게.

안 돼! 나보다
직급도 높으면서
아깝지도 않아?

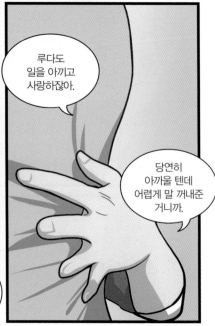

루다도
일을 아끼고
사랑하잖아.

당연히
아까울 텐데
어렵게 말 꺼내준
거니까.

물론 애 키우는데
한두 푼 드는 것도
아니고

현실적인 문제가
계속 생기겠지만

난
노력하는 걸
멈추고 싶지
않아.

루다가
날 선택해서
'속았다'고 생각하게
되는 건 싫어.

루다는 강 대리와의 관계가
달라지고 있음을 느꼈다.

깊은 유대감의 기반은
지층처럼 쌓인
소중한 나날들.

상대방에 대해
알아가고 이해한
수많은 하루들의
결정체이다.

하지만 그중에서도
오늘처럼 서로의 관계를
크게 진전시키는

아주 소중한 하루가
분명 존재한다.

관계의 도입부에서는
꺼진 불을 다시 켜듯이

어떻게든 비슷한 하루를
다시 만들 수도 있겠지만.

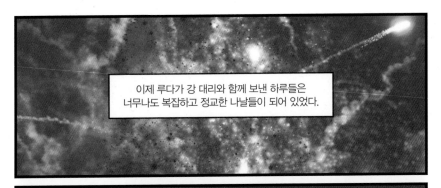

이제 루다가 강 대리와 함께 보낸 하루들은
너무나도 복잡하고 정교한 나날들이 되어 있었다.

이제 타임리프가
반복되면 내가 그 하루를
완벽하게 복원해 낼 수
있을까?

무슨 말을 했는지
기억하기도 힘들고

설령
다시 같은 말을
꺼낸다고 해도
감정도 제대로 못 담고
기계적으로 대사 외우는
느낌일 텐데...

결코 사라져서는
안되는 소중한 하루가
잘못되면

이 관계를 제대로
유지할 수 있을까?

루다는 행복하면서 동시에 불안해졌다.

죽어도좋아2

13화

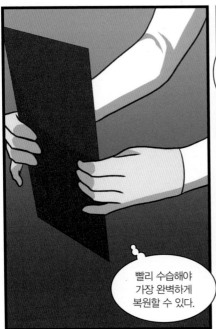

걱정은 그뿐만이 아니었는데...

오늘 내로 어떻게든 백 과장을 멈춰야...

빨리 수습해야 가장 완벽하게 복원할 수 있다.

저기, 대리님. 아까 정리해 주신 거 말인데...

다시 알려주시면 안 될까요?

넌 스스로 알아서 못 하니?!

네가 아직도 인턴이야?!

백 과장의 짜증이

전염병처럼
옮겨가고 있었다.

흑...
흐윽...
흐어엉...

옳지, 옳지.

괜찮아. 진심 아니셔. 원래 저런 분도 아니잖아.

지금 예민해져 있는 상태에서 폭발하신 거야.

아니에요, 제가 잘못한 것 같아요.

죄송해요. 애도 아니고... 울기나 하고...

아냐, 나도 회사 다닐 때 힘든 일 얼마나 많았는데.

점심시간 때마다 화장실 변기에 쪼그리고 앉아 펑펑 울었어.

흐아아... 진짜 난리 났네...

빨리 멈추지 않으면 이 살얼음판 같은 분위기를 매일 겪어야 하는데...

최 대리님...

정화 씨,
안에 있어?

네,
화장 고치고
있나 봐요.

하아, 진짜.
내가 애꿎은 정화 씨한테
왜 화풀이를 했을까.

회사 다니면서
제일 꼴보기 싫다고
생각했던 인간들 짓을
내가 다 하고 있네.

내 자신이 추해 보여.
이 주임도 신경 쓰이게
해서 미안해.

정화 씨한테는
내가 사과할게.

아니에요...

그래도 팀원들이
좋은 사람들이라
다행이다.

백 과장이 승질을
있는 대로 긁어대서...
아니다. 그 인간이랑
내가 뭐가 다르니,
지금.

아뇨,
전혀 달라요.
최 대리님!

백 과장은 악마입니다.

살아 움직이는 악의 결정체 입니다!!

처음엔 자책도 했지만 곱씹을수록 짜증난다. 내가 뭘 잘못했지?

왜 내 호의가 이따위 부메랑으로 돌아와야 하냔 말이야!

진정하자... 오늘 하루는 꼭 살려야 할 것 아냐.

↑ 사회생활력으로 구현화한 가면.

지금은 감정적인 걸 배제하고 몸에 남아있는 사회생활력을 짜내...!

과장님. 저희 함께 심도 있는 대화를 나누어요.

서로 마음 속에 있었던 앙금이나 오해를 풀어 보자구요.

과장님, 많이 속상하셨죠. 과장님의 마음을 제가 헤아리지 못한 것도 있구요.

일단 과장님의 다친 마음을 치료하면서 과장님이 정말로 원하는 게 무엇인지 알아볼까요?

이게 어디서 같잖은 심리치료사 흉내를 내고 있어!!!

타앗!!

저리 안 꺼져!!

뽀직

〈system〉
사회생활 가면의 내구도가 감소합니다.

그러지 말고 요구 사항이 있으면 말해보세요.

저희 딜 해봐요, 딜.

과장님도 이렇게 천년만년 시간을 되돌릴 수는 없잖아요.

요구 사항?

참나, 뭘 그런 걸 들어주려고 그러냐. 나랑 아무 사이도 아닌 게.

글쎄,

적어도 내 화를 가라 앉히려면

강 대리랑 헤어져야 하지 않겠냐?

쨍겅!!

〈system〉 사회생활 가면의 내구도가 0이 되었습니다.

무슨 말씀을
하시는 거예요?!

이게 정녕
사람 새끼냐?!

아, 해줄 수 없으면
말아~ 신경 쓰지 마.
그냥 말해 본 거니까...

과장님...
저한테 그냥
똥 먹이고 싶어서
이러시는 거죠?

혹시...

저,
진짜 좋아하거나...
그런 건 아니죠?

얼굴은...

왜
붉히는데?!

순정만화에서 많이 나왔던 삼각관계.

주인공은 상대가 자신을
좋아한다는 사실을 잘 모른다.

후후,
읽는 입장에서
재밌긴 한데
실제로 이렇게
모를 수 있나?

보통 누군가
날 좋아하면
엄청 티 나는데...
난 귀신처럼
알아내지롱?

순진했던 고딩 루다

한 사람이
좋아해도 설레는데
두 사람이 동시에
날 좋아하면 기분
째지겠징?

는 개뿔...

누군가 날 좋아하는 게 이렇게 싫은 건 처음이다!!!!!

좋아하는 상대가 좋아하는 게 좋은 거지, 싫어하는 상대가 날 좋아하는 건 그냥 공포야!

루다가 만약 순정만화의 주인공이라면

이 미친 만화의 작가는 진짜 가엾은 루다를 저런 과장과 이을 셈인가?

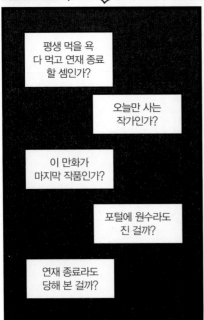

평생 먹을 욕 다 먹고 연재 종료 할 셈인가?

오늘만 사는 작가인가?

이 만화가 마지막 작품인가?

포털에 원수라도 진 걸까?

연재 종료라도 당해 본 걸까?

밀려오는 황당함과 지끈거리는 머리.

꺅, 주임님! 왜 그러세요!

루다는 의식을 잃고 만다.

그리고 루다는 혼탁한 의식 속에서 예지몽을 꾸듯

20년 후의 미래를 보게 되는데!!

다음 화는 특별편인듯 특별편 아닌 특별편 같은 본편이 연재됩니다.

죽어도좋아2
14화

이 편은 특별편이 아닌 본편입니다.
이 편은 특별편이 아닌 본편입니다.
이 편은 특별편이 아닌 본편입니다.

으음...

여긴?!

폭!

25년 후의 미래?

2015년엔 힘들었지만

기어코 인류가 피자까지 해내고야 말았어.

로버트 저메키스는 틀리지 않았어.

야! 이러고 있을 때가 아니야!

어서 내 미래를 확인해야만 해!!

핫,
그러기 전에
잠깐...

어째서인지
골드키위새 작가의
미래가 궁금하군!

어째서지?
나 그 사람 웹툰 챙겨
보지도 않는데...

마치 무엇인가
신호를 보내는
것처럼...

오옷,

다행히
웹툰은 아직 있구나!
작품들도 많다...!

으음,

어디 보자...
골드키위새...

루비키위새로
개명 후

BL 만화
연재중?!

이건 생각지도
못한 미래군.

게다가
이 두 남자 주인공들
묘하게 누군가를
닮았는데...

음...

흐음...

으으으음...

모르겠다!
기분 탓이겠지,
뭐!

이것보다
중요한 건 내 미래야!

가서 내 책상만 찾으면 돼!!

내가 백 과장이랑 결혼하지 않았다면 퇴사도 하지 않았을 테니까!!

찾았대!!

루다 자리♡

흐어엉, 고맙습니다!! 50대에도 아직 내 자리가 회사에 남아 있다니!!

저기용?♡

도...
도와줘요,
누군가!!

떡!!

루다
아니니?

으아앙,
브라운 박사 코스프레한
강 대리님!!

평소에 로봇에
관심이 있던 나는
타임머신을
만들었어.

하...하지만
강 대리님은
타임리프를 믿지
않잖아요? 설정 붕괴
아닌가요?!

내가 한 말도
믿지 않았는데...

무슨 소리야...
내가 루다 말을 안
믿으면 뭘 믿어.

아,
그렇구나...

강 대리님이
믿어줬으면 하는
내 무의식이 반영된
거야.

루다야.
미래는 아무것도
쓰여지지 않은
백지와도 같아.

정해진
미래 같은 건
없어.

이 타임리프
때문에 네 인생이
결정되진 않아.

까악, 주임님 정신이 드세요?! 주임님 일어나 보세요!!

팟!

...내 미래는 내가 결정해.

고작 타임리프 따위에 놀아나지 않는다.

백 과장과는 절대 절대로 이어지지 않을 거야.

내가 강 대리님과 사귀기 전으로 돌아간다 해도

백 과장이랑 사귈 일은 없을 것이다!!

죽어도좋아2

15화

로보토미요!

해맑

흠...

화나는 건 알겠지만 현실적인 안을 부탁드립니다.

사지를 잘라서 움직일 수 없게 만들어요!

해맑

안 된다니깨!!

너 이 새끼 이성 아니지!!! 잡아!!!

꺄악

분노

이 자식, 이성 아닙니다!

과장이
날 좋아한다는
사실을
이용한다!!!

과장님,
어디 성에
찰 때까지 시간
돌려보세요.

반복되는
하루도 나쁘지
않으니까요.

과장님 덕에
강 대리님이랑
매일매일 즐거운
하루를 반복하고
있답니다.

어... 언제...

설마...
자정 넘은
시간에...

강 대리랑
같이 있었냐?!

네,
하지만 정녕
상대를 사랑한다면
위할 줄도 거
알아야 하는 거
아닐까요?

아, 나 너
안 좋아한다니깐!!!

사랑한다면
상대를 놓아줄 줄도
알아야 하는 법.

아오!!
내 말 좀 들으라고!!!

날
좋아하니까
시간을
돌린 거겠죠.

그럴 만큼
내가 좋은
거잖아요?!

완전 날
좋아하는 거
맞거든요?

에에~
얼레리 꼴레리
과장님은 날
좋아한대요,
좋아한대요~.

어디 시간을 또 돌려보라구요.

그럼 날 진짜 좋아한다는 걸로 알 테니까.

먹힌다!!

큭!!!

의외로 이런 심리전에 약한 과장이었다.

이번 타임리프 클리어!!

크윽!!
엄청 바보 같은
심리전에 넘어갔어!!!

타임리프를 인지하기
시작한 과장은 같은
시간을 반복하는 것에
솔직히 지쳐 있었다.

이 주임
엿 먹이려고 했는데
엿을 나눠먹는 꼴이잖아.
반복되는 업무,
TV, 사람들...

근성까지
없는 과장

이 짓을
지금 와서
그만두기엔
이 주임이 너무나
괘씸하다.

그렇다고
무한정 시간을 돌리는 건
너무 미련해 보이고...
무슨 방법 없을까...

타임리프가
풀리자마자
루다는 강 대리를
만났는데....

오빠 나랑
결혼해줘요!!

루다야,
왜 그래!!!

나랑 결혼해
달라구요, 제발!
MARRY ME!!!

이렇게 된 것.

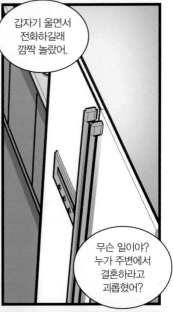

갑자기 울면서
전화하길래
깜짝 놀랐어.

무슨 일이야?
누가 주변에서
결혼하라고
괴롭혔어?

아...아니
결혼이라도 하면
백 과장이 떨어져
나가지 않을까
싶어서...

죽어도좋아2

16화

겨...
결혼...

부모님은
지방에 사셔서
바로는 힘들 것
같고...

아, 루다네
먼저 갈까?

이번 주에
누나 만나러
갈래?

?

아...
아니 순서는
상관없어.

아, 그리고
우리 가족에 대해서
미리 몇 가지 말해줄 게
있는데...

루다가 미리
알아주었으면
하는 게 있어서
...

응?

와, 과장님한테 이런 거 처음 얻어 먹어 보는 것 같아요.

네가 그래봤자지. 백 과장 뒈져라. 죽어! 죽어버려!

아~ 정화씨, 내가 내는 퀴즈 풀어볼래?

어죽을 10번 반복하면 뭘까요?

넌센스예요?

어죽어죽어죽 어죽어죽어죽어죽 어죽어죽...

어죽어...?

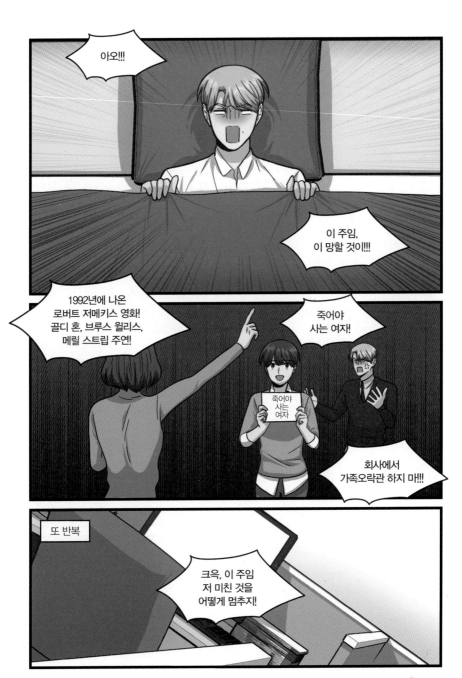

정상적인 타임리프라면 하루가 돌아가야 하는데... 이번엔 이틀이 돌아갔잖아?

둘 다 이상함은 느끼고 있었지만 냉전 상태라 차마 이야기하지 못함.

설마 타임리프가 또 변하고 있는 건 아니겠지.

하긴 저번에도 타임리프를 인위적으로 움직이려고 하면 이런 식으로 형태가 바뀌었어.

자칫 이러다 큰일 생길라... 당분간은 조심하자.

과장님, 우리 잠시 휴전해요.

주말은 둘 다 쉬어야 할 것 아니에요.

반복되는 타임리프에 둘 다 지쳐 있었고

불안함을
느끼고
있었기에
휴전 합의.

딜!

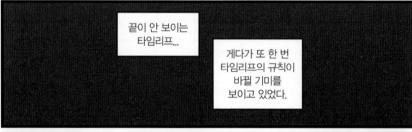

끝이 안 보이는
타임리프...

게다가 또 한 번
타임리프의 규칙이
바뀔 기미를
보이고 있었다.

이 타임리프에
해답은 있는 걸까?
염증을 느끼고
있을 무렵.

오빠,
나 옷 괜찮아?
격식 있으면서
얌전해 보여?

응, 이쁜데? 괜찮아. 너무 부담 가지지 마. 그냥 가정집에 밥 먹으러 가는 건데 뭐.

으어, 괜히 온다고 했어. 조금만 더 시간 가질걸...

이렇게 급하게 가족들을 만나게 될 줄은... 차라리 백 과장님이 시간 돌려줬으면 좋겠다.

오빠, 가족 만나러 가는 건데 부담 가지지 말라니... 말처럼 쉬운 게 아니야.

누나, 우리 왔어!

끼익

타임리프를 끝낼

어서 와요, 루다 씨.

루다는 정말 의외의 곳

의외의 인물에게서 단서를 얻게 된다.

유일한 방법.

죽어도좋아2

17화

집이 좀 누추하죠.

애들만 아니면 어디 괜찮은 데서 식사하면서 만날 텐데...

아... 아니에요!

반가워요. 강미로 누나 강미래입니다.

37화만에 밝혀진 강 대리의 본명.

악수...

앗, 넵. 아시겠지만 이루다입니다.

유심...

저... 그... 저는 로봇은 아니고...

뻣뻣

뻣뻣

사람 이랍니다.

태원이구나. 안녕, 태원아.

가족에 대해서 미리 몇 가지 말해줄 게 있는데...

태원이는 발달장애가 있어.

괜찮아요. 엄마인 나한테도 대꾸가 없는데...

뻣 뻣

그래도 오늘 손님 오는 거 알았는지 컨디션 좋네요. 효도한다.

루다가 태원이 얘기 듣고 어제 새벽까지 발달장애 관련 책 읽더라.

에고, 고마워라.

퍽!

그럼 두 사람 사내커플이네요.

네, 알긴 전부터 알았는데...

회식자리에서 본격적으로 친해지기 시작해서...

흐아앙!!

루다야, 잠깐 나 태리랑 태원이 좀 보고 올게.

응? 아... 응.

무슨 일이야?

태원이가 내 그림 찢었어.

애들한테는 내가 가도 되는데... 루다 씨 민망하게...

아, 아니에요.

저... 오빠한테 말씀 많이 들었어요. 힘들 때 누나가 많이 도와줬다고.

특히 그 얘기 좋았는데... 그... 오빠가 어렸을 때 울며 들어왔는데...

푸하하,
미로가 정말
그랬어요?

그럼
이기적으로 사는 건
어때?

내 기억 속에선
이런 느낌보단

그럼
이기적으로 사는 건
어때?

이런 느낌으로
했던 말인데.

저 그렇게
좋은 누나 아니에요.
그 당시엔 저도
사춘기여서

인내심도 없고
짜증이 최고조였던
시기였거든요.

루다 씨는 미로랑 사귀면서 답답했던 적 없어요?

딱히...

꽂히는 게 있으면 몇 시간이고 설명하려 든다든지... 답답하게 구는 거...

아... 그런 면은 조금...

지금이야 양반이지, 예전엔 심각했어요.

시간 장소를 안 가리고 여과 없이 말을 내뱉고 공감능력도 많이 떨어져서 정말 당황스러운 일이 많았고...

나도 솔직히 내 동생은 가망 없다고 생각했거든요.

내가 너무 당연하게 할 수 있는 걸 쟤가 못하니까

그냥 예의 없는 못된 애라고 생각했어요.

나중에야 알게 됐어요.

태원이가 태어났거든요.

3살 쯤에 발달장애 진단을 받았는데

색칠하던 건데... 처음부터 그려야 돼.

피아노 치는 유니콘?

저 아이는 사회적 상호작용을 어려워해요.

인사는커녕 눈맞춤도 힘들죠.

우리가 당연하다고 생각했던 것들이 당연하지 않은 아이였어요.

동생이 힘들어 했던 것... 노력했던 것...

그 점을 미로를 통해서가 아닌 내 자식을 통해서 봤다는 게 미안해요.

그때 동생에게 했던 말 그다지 의미 없어요. 그런 말이 나오는 책도 사실 없구요.

짜증이 나서 적당히 우는 애를 달래고 싶어서 했던 말이에요.

그 말 속에서 의미를 찾아낸 건 미로예요.

내가 미로를 도와준 게 아니라 미로는 스스로 자신을 도운 거죠.

동생 욕만 실컷 한 것 같아서 좋은 점도 말해 볼게요.

미로는 언제나 나쁘지 않은 사람이 되려고 노력하고 있어요.

다만 수많은 시행착오를 겪으면서 스스로 도덕적인 틀을 만들어냈는데,

이걸 조금만 넘으면 융통성 있게 살 수 있는데 그걸 못하더라구요.

이런 강박이

루다 씨를 힘들게 만들 수 있다고 생각해요.

음,
또 욕처럼 돼버렸네.
좋은 점...

경제적인 면만
괜찮다면 집에서 살림
시켜요.

회사 생활에
미련도 없고 집안일도
잘한답니다.

아, 그리고
아까 루다 씨 빤히
쳐다본 거.

로봇인 것
같아서 쳐다본 거
아니에요.

어디서 미로가
이렇게 괜찮은 사람을
데려왔을까

궁금해서
쳐다본 거예요.

잘 들어가.
루다 씨 배웅
잘해드리고.

응.
고마웠어,
누나.

재밌었어.
저녁까지 잘 얻어
먹고 가네.

나 없을 때
누나랑 얘기 많이
나눴어? 언제?

정말 좋은
분이었어. ♡

있잖아,
루다야.

누나
만나기 전에
태원이 얘기
했었잖아.

그때
다 하지 못한 말이
있어.

예전에 태원이가
뜨거운 냄비에 크게
화상을 입을 뻔했던 적이
있거든.

근데 애가
다친 엄마 쪽을
쳐다보지도 않더라는
거야.

태원이를
구하려다가
누나가 대신 화상을
입었어.

누나는
그때 엄마로서의
서운함,

손의 아픔 같은 건
느껴지지 않을 만큼
두려웠대.

앞으로
태원이가 겪게 될,
주변인들이 겪게 될 일들이
눈에 보여서...

태원이를 평생 돌봐줄 수 있는 로봇 같은 게 있으면 얼마나 좋겠어.

내 망상처럼 강 대리님이 만들고 싶어 한 건 타임머신이 아니었다.

조금 더 현실적이고 마음이 담겨있는 것이었다.

하지만 그럴 수 없으니까 나는 계속 태원이를 도와주고 싶어.

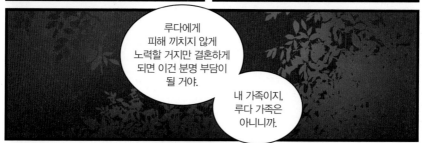

루다에게 피해 끼치지 않게 노력할 거지만 결혼하게 되면 이건 분명 부담이 될 거야.

내 가족이지, 루다 가족은 아니니까.

라는 헛소리를 분명 할 텐데 신경쓰지도 말고 무시해요.

누나의 선견지명

루다 씨에겐 또 웬 민폐야.

걔는 나한테 이상한 부채감을 가지고 있다니까. 나는 절대 개한테 빚지지 않을 거예요.

그래서 만약 우리가 결혼하게 된다면...

난 괜찮아.

괜찮지 않을지도 모른다.

우린 사람이니까. 사람은 언제나 바뀌니까.

이게 학! 그 약속을 믿었니? 여자는 집에서 살림이나 하라고!

꺅!

결혼 전엔 강 대리, 결혼 후엔 백 과장!

오빠도 결혼 후엔 달라질지도 모른다.

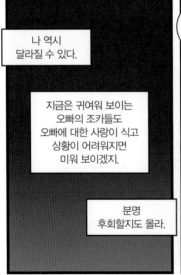

나 역시 달라질 수 있다.

지금은 귀여워 보이는 오빠의 조카들도 오빠에 대한 사랑이 식고 상황이 어려워지면 미워 보이겠지.

분명 후회할지도 몰라.

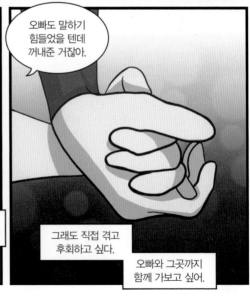

오빠도 말하기 힘들었을 텐데 꺼내준 거잖아.

그래도 직접 겪고 후회하고 싶다.

오빠와 그곳까지 함께 가보고 싶어.

후회하던 일이 닥쳐도
타임리프는 필요 없어.

오빠.

나는 올바른 시간의 길을
걷고 싶다.

이 작은 불씨 같은
절박함이 다시 한 번
통할 리 없는
허공에 던져졌다.

나,
타임리프를
겪고 있어요.

하지만 이전과는
분명 다르다.

확신이 있었다.
이번만큼은 꺼지지
않을 거라고.

우리를 둘러싸고
있는 이 대기...

다시...

말해볼래?

우리의 관계는 너무나도
많이 바뀌었으니까.

17화 259

죽어도좋아2

18화

타임...리프?

루다,
장난 치는
거야?

아냐!!

제발...
제발 통하길...

오빠가
이해해 주기를...!

에전에 회식자리에서
만났던 날 기억 나?!

오빠랑 나랑
본격적으로 친해지기
시작했던 날!!

그때부터 나,
타임리프를 겪고 있어!

하지만 나 이번은 다르다고 생각해. 우리 관계는 진전됐으니까. 예전보다 믿음이 있으니까!

짜악

이젠 끝내고 싶어. 앞으로의 미래를 위해 다시 한 번 용기내는 거야. 오빠가 믿고 날 도와 줬으면 해서!

루다야...

타임리프는 불가능해.

아니, 오빠...!

그래서...

루다 얘길 좀 더 자세히 들어봐야겠어.

그러니까 그 회식 때부터 타임리프가 있었고

처음엔 과장님이 원망을 사고 누군가 저주를 하면 타임리프가 일어났었다는 거지?

응 맞아. 그런데 타임리프의 형태가 바뀌기 시작해.

과장과 루다는 바뀐 타임리프가

어떤 조건에서 작동하는지 몇 번 실험을 해봤었다.

명백히 백 과장을 대상으로 하는 원망과 저주엔 여전히 사망.

하긴 또 모르지, 죽을 때 되면 바뀔지도?

그런 인간은 그냥 죽어도 좋아! 백 과장 돼졌으면!

그러나 바뀐 후엔 백 과장을 특별히 지칭하지 않아도 살의를 담고 있는 글을 보거나 말을 들어도 사망.

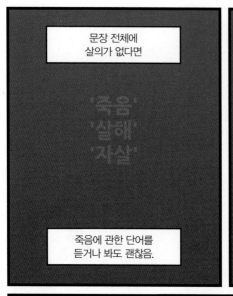

문장 전체에
살의가 없다면

'죽음'
'살해'
'자살'

죽음에 관한 단어를
듣거나 봐도 괜찮음.

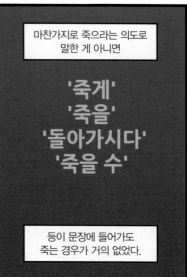

마찬가지로 죽으라는 의도로
말한 게 아니면

'죽게'
'죽을'
'돌아가시다'
'죽을 수'

등이 문장에 들어가도
죽는 경우가 거의 없었다.

허나 '죽어'가
들어간 문장은

죽어

의도와 상관없이
듣기만 하면
거의 죽는 듯했다.

본인이 '죽어'라는 말을
해봤자 소용없다.

나란 녀석
죽어버려라.

자살하려면 누군가에게
'죽어'라는 말을 듣거나
봐야 한다.

예전 규칙보다
죽을 수 있는 범위가
확장된 것...

찾아낸 규칙이 언제나
100% 맞는 것도 아니고

타임리프는 고장난 시계처럼 작동했기 때문에

루다는 매번
신경을 써야 했다.

여기서 시간이
돌아가면 안 돼.
자정 안에 오빠를
설득해서 하루를
넘길 거야.

과장님 앞에서
왼손에 든 단어를
말하면 타임리프가
작동돼.

과장님 앞이
아니더라도 이 두 단어를
살의를 담아 말하면
원격으로도 작동하고...

타임리프를
막으려고 움직였더니
더 성가시게 규칙이
바뀌었다는 얘기네.

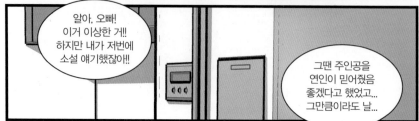

?

난 그런 얘기
하지도 않았고 소설 얘기
들은 적 없어.

아....
소설 얘기를 한 것도
과장이 시간을 돌려
없던 일이 됐었지.

으윽...
으으....

루다야....

관계가
달라지긴 개뿔!!
그냥 똑같잖아!!!

루다야 진정해!!
진정하고
마음 가라앉혀.

기억을 잘 정리해봐. 루다가 믿는 사실이 정말 진짜인지...

예전에 읽었던 소설과 현재를 혼동하는 것일 수도 있어.

아냐! 소설이랑 헷갈리는 게 아니라 정말로...!!

소설...!!

그...그래. 오빠 믿어주지 않아도 돼.

방금 아까 내가 말한 얘기를 소설이라고 생각해줘.

타임리프만
풀면
되는 거지?

소설이라면...
내가 주인공이라고
가정했을 때라면...
예측할 수 있을 것
같아.

이 타임리프는
규칙이 있잖아.
그리고 타임리프를
인식하는 인물은
두 명이야.

만약
내가 생각하는게
소설의 교훈이 맞고 이
변덕스러운 타임리프의
규칙이...

주인공을
방해하는 게 아니라
도와주고 있는 게
맞다면...

이게 과연
주인공에게 완벽한
해피엔딩을 가져다
줄지는 모르겠지만

상황과 인물들의 의지만 맞아 떨어진다면 타임리프를 아예 없애 버릴 수 있는 방법은 분명 있어.

하지만 내가 생각하는 방식대로 타임리프를 풀려면 전제 조건이 딱 하나 있는데...

두근

오빠가... 타임리프를 푸는 방법을 알고 있어...

드디어... 드디어....!!

백 과장님이 착해져야만 해.

아냐! 오빠, 그거 아니야!!!

무슨
원피스의 정체가 사실은
모험을 통해 얻은 희망 용기
우정 같은 소리 하고 있어!!

나도 그 생각을
안 해본 게 아니라구!!!
불가능해!!

음, 일단
여러 가지 결말을
생각 중이긴
한데...

뭐 죄 없는
주인공이 설마
불행해지겠어요.

결말에선
뭐라도
이뤄내겠죠?

죽어도좋아2

19화

아냐, 루다야.
동화 속 교훈처럼
과장이 착해져야
마법이 풀린다—

이런 뜻이 아니라
말 그대로 타임리프를
풀려면 착해진 과장이
필요해.

같은 거잖아~~!
소용없어!
말했잖아!!

주인공이 어떻게
과장을 욕 안 먹게
막아놨는지!

타임리프가
원하는 방향이
아니었던 게
아닐까?

주인공의 개입이
있었다면 스스로
선해진 게 아니잖아.

그러고 보니
실패한 이후론
그쪽으로 더 노력해
보질 않았네...

말도 안되는
러브라인인 줄...

잘 모르겠어, 구체적으로 내가 어떻게 움직여야 하는지 알려줄 수 있어?

놀랍게도 강 대리의 추측은 거의 정답에 근접해 있었다.

그리고 그가 생각한 타임리프를 푸는 방법은 정말로 간단한 것이었다.

허나...

그전에 루다야.

주인공이 타임리프를 풀면 정말 행복해질까?

무슨 소리야. 당연하지!

나라면 풀기 싫을 것 같아. 특히 루다나 내가 주인공이라면...

응?

타임리프 때문에
아무것도 제대로
못하잖아.

미래를 위해
없어져야 돼!
시간이 돌아간다니
비정상적이야.

...

미래...

그럴 수도 있겠다.
타임리프는 있을 수도 없고
있어서는 안되는 거니까.

일단
타임리프를 깨는 방법
자체는 정말 단순해.

너무 어렵게만
생각해서 루다한테
보이지 않았던
걸지도 몰라.

콜럼버스의
달걀처럼.

일단 주인공은
상사가 착해졌다는
확신이 들 때
그를 만나야 해.

타임리프가
일어났다.

아악!!
x 같은 타임리프!!!

진짜 원하는 게
과장의 갱생이면!!

오빠가
뭐라고 하는지
못 들었다고!!!!

과장이나 괴롭히지,
왜 나한테 난리야!!!

필요하니까.

본인은 자각하지 못하지만
루다가 꼭 필요하니까.

괜찮아. 긍정적으로 생각하자.

오늘 다시 오빠 가족들을 만난 뒤 다시 얘길 꺼내면 돼.

다시 보내는 거니까 훨씬 잘할 수 있잖아. 선물도 미리 준비하고...

털썩

하루 이틀이 아니라...

일주일 가까이 돌아갔어???

아! 그래! 이번에야말로

내 얘기를 소설처럼 얘기하고 오빠라면 어떻게 풀겠냐고 물어보면 돼!

자...잠깐만요. 그럼 강 대리님한테 전화해 볼....

어...?!

오...

오늘 오빠한테 청혼 받은 날 이었잖아.

울지 마...
복원하면 돼...
오빠를 다시
불러서...

훌쩍

완벽하진
않아도
얼추 비슷하게
만들어.

탁!!

너 진짜
강 대리한테
청혼 받았냐?

아, 과장님이
무슨 상관이에요!!
지금 그게 중요해요?!

중요하지, 그럼!!
가지 마!!

과장님
저 안 좋아한다면서요!!!

지금 이럴 게 아니라
기회가 왔으니 타임리프를
풀어야 하잖아요!!

우리 이제
이런 거 끝내요!!

지긋지긋하니까!!!

끝낸...

다고?!

죽어 버리라는 말을
겨우 삼킨 루다였지만

곧 자신의 노력이 물거품이
됐다는 걸 깨달았다.

그래...?

저 역시 지구에
사람이 과장님 하나 남아도
과장님이랑 잘 될 생각은
전혀 없다구요!!!

자, 잠깐
뭐하시려는 거예요?!

루다는 그날 백 과장이 자살하는 방법을
처음 보게 되는데...

이 몸이
죽고 죽어

단 심 가
　　　－ 정 몽 주

이 몸이 죽고 죽어
일백 번 고쳐 죽어
백골이 진토 되어
넋이라도 있고 없고
임 향한 일편 단심이야
가실 줄이 있으랴

일백 번
고쳐 죽어

안 돼!!!

돼!!!!

아악!!!
백 과장 개새!
진짜!!!!

또 오늘은
며칠이야!! 며칠이
돌아간 거야!!!

말도
안 돼...

거짓말...

쿵

정확히...
정확히 이 날이
어떤 날인지
알아야 해.

보통 다음 날
입을 옷은 옷장에
정리해 두니까....

이 날
내가 입으려고
다려놨던 옷이....

이 옷
기억나...

불편해서
집에 오자마자
갈아 입었던 옷...

오빠랑
사귀기로 했던 날
전 날....

결코 사라져선 안되는 소중한 하루...

죽어도좋아2

20화

나는 지금 이 세상에서 가장 가련한 사람!!!

꺄악!!

풀어줘!!

만약 내가 이 이야기의 주인공이 맞다면 이걸로 최종 화 입니다.

기어코 로보토미 엔딩이 나고 마는군요.

아닙니다.

어딜 보고 누구한테 말하는 거야!

그 외에도 100가지 고문법이 남아 있습니다. 투표로 다른 루트를 결정할 수 있으니 국민 프로듀서님들의 많은 참여 부탁 드려요.

킬미 킬미 킬미업

re 101

그런 거 없으니까 참여하지 마! 그리고 킬미업이 뭐야!!

말 끼워 맞추기

자격증도 없이 뇌수술이라니 미쳤어!! 이거 풀어!!!

오기 전에 블랙잭 5번, 의룡 3번, 닥터 스쿠루 2번 읽고 왔답니다. 충분히 뇌수술을 집도할 준비가 되어 있어요오...

맛탱이가 갔구만, 아주!!! 심지어 하난 수의사 만화야!!!

그, 그러길래 날 건들지 말았어야지!

네가 다 자초한 거야! 네가 여지를 줬으니 내가 오해를 했지!!

노답, 개노답입니다

소돔과 고모라

여러분, 해답은 파멸이었습니다

저도 처음엔 그렇게 생각했거든요? 스스로 자책도 했구요.

근데 생각해보니 여지를 주다, 자초를 하다.

이런 말은 다 가해자가 하는 말이에요.

피해자한테 책임 전가할 때 쓰는 말이라구요.

내가 여기서
하루를 제대로
잡지 않으면

내가 과장님이랑
사귀고 있다고
생각할 텐데

사귀는
사람이 있는데...
내가 오해한
거야.

루다는
단순 호의였을 텐데
내가 멋대로 좋아한
걸로 착각했어.

한참 멀었네,
강미로...

그것만은 싫어.
백 과장 때문에
오빠를 포기하고
싶진 않아.

비록 추억이 거의
날아가 버렸지만

아직 남아있는 것들이
있으니까

힘들겠지만

야!
풀어주고 가!!

다시
한 번
해보자!!

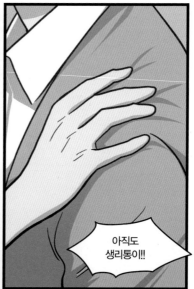

맞다!! 오해는 자정 넘긴 뒤 집에서 풀리지!

따라와요! 할 말 있으니!!

일단 지하철로 가지!!

그동안 허접한... 어.... 위장으로? 날 피해 다녔던... 이유를 말해 보아요?

무슨 소리야, 루다야.

루다가 회사에 늦게 와서 그때처럼 위장할 생각을 아예 못함.

???

꺄악!!

← 하나도 틀려선 안 된다는 부담감에 모조리 말아먹는 중.

나...나에 대해 뭐 오해하는 거 없어요?!

잘 생각해봐요!! 두뇌 풀가동!! 마인드 팰리스 오픈!!

따라와요! 할 말 있으니!!

지, 진정해!!

아저씨,
정신 좀 차려보세요!!

이쪽으로
좀 와봐요!!

선로로
떨어진
취객!!

근데 뭔가 이상해.
그땐 분명히 할 얘기
다 전달하고

학생 비명 소리에
돌아봤었는데...

왜 하필
오늘인
거야!!

위험해...!

또
내려갔잖아!!

오빠!!

괜찮아!!!

안
괜찮아!!!

저 학생 혼자서는 아저씨를 올릴 수가 없으니까 내가 밑에서 들어야지.

난 괜찮으니까 루다는 역무원한테 가서 비상 버튼 좀 눌러 달라고 해줘!!

시간이 반복되었는데도... 강 대리님은 또 무모하고 멋진 선택을 했다.

오빠가 이런데 내가 어떻게 안 반할 수 있겠어...

걱정하지 말자. 난 그날처럼 역무원한테 가면 돼.

역무원이 CCTV 확인하고 이미 눌러둔 상태일 거야.

지금 ○○행 열차가 들어오고 있습니다.

승객 여러분께선 안전하게 승차하시길 바랍니다.

3권에 계속...

생각정거장

생각정거장은 매경출판의 새로운 브랜드입니다. 세상의 수많은 생각들이 교차하는 공간이자 저자와 독자가 만나 지식의 여행을 시작하는 곳입니다. 그 여정의 충실한 길잡이가 되어드리겠습니다.

죽어도 좋아 2권

초판 1쇄 2016년 12월 30일

지은이 골드키위새
펴낸이 전호림
책임편집 이영인
마케팅·홍보 강동균 박태규 김혜원

펴낸곳 매경출판㈜
등 록 2003년 4월 24일(No. 2-3759)
주 소 (04557) 서울시 중구 충무로 2 (필동1가) 매일경제 별관 2층 매경출판㈜
홈페이지 www.mkbook.co.kr **페이스북** facebook.com/maekyung1
전 화 02)2000-2612(기획편집) 02)2000-2636(마케팅) 02)2000-2606(구입 문의)
팩 스 02)2000-2609 **이메일** publish@mk.co.kr
인쇄 · 제본 ㈜M-print 031)8071-0961
ISBN 979-11-5542-594-7 (04810)

Gold kiwi ♡♡

죽어도 좋아♡♡
구매해 주셔서 감사합니다! ♡♡